Lupita's Papalote
El papalote de Lupita

By / Por
Lupe Ruiz-Flores
Illustrations by / Ilustraciones por
Pauline Rodriguez Howard

Spanish translation by / Traducción al español por
Gabriela Baeza Ventura

Piñata Books
Arte Público Press
Houston, Texas

Publication of *Lupita's Papalote* is made possible through support from the Lila Wallace—Readers Digest Fund, the Andrew W. Mellon Foundation and the City of Houston through The Cultural Arts Council of Houston, Harris County. We are grateful for their support.

Esta edición de *El papalote de Lupita* ha sido subvencionada por la Fundación Lila Wallace—Readers Digest, la Fundación Andrew W. Mellon y el Concilio de Artes Culturales de Houston, Condado de Harris. Les agradecemos su apoyo.

Arte Público Press thanks Teresa Mlawer of Lectorum Publications for her professional advice on this book.

Arte Público Press le agradece a Teresa Mlawer de Lectorum Publications su asesoría profesional sobre este libro.

Piñata Books are full of surprises!

Piñata Books
An Imprint of Arte Público Press
452 Cullen Performance Hall
University of Houston
Houston, Texas 77204-2004

Ruiz-Flores, Lupe.
    Lupita's papalote / by Lupe Ruiz-Flores ; illustrations by Pauline Rodriguez Howard ; Spanish translation [i.e. translation] by Gabriela Baeza Ventura = El papalote de Lupita / por Lupe Ruiz-Flores ; ilustraciones por Pauline Rodriguez Howard ; traducción al español por Gabriela Baeza Ventura.
        p. cm.
    Summary: A young girl wants to fly a kite, but her family cannot afford to buy one, so her father helps her make a kite of her own.
    ISBN 1-55885-359-6
    [1. Kites—Fiction.   2. Fathers and daughters—Fiction.   3. Spanish language materials—Bilingual.]   I. Title: Papalote de Lupita.   II. Howard, Pauline Rodriguez, ill.   III. Ventura, Gabriela Baeza.   IV. Title.
PZ73.R83 2002
[E]—dc21
                                                                                                2001051165
                                                                                                CIP

2 3 4 5 6 7 8 9 0 1   10 9 8 7 6 5 4 3 2 1

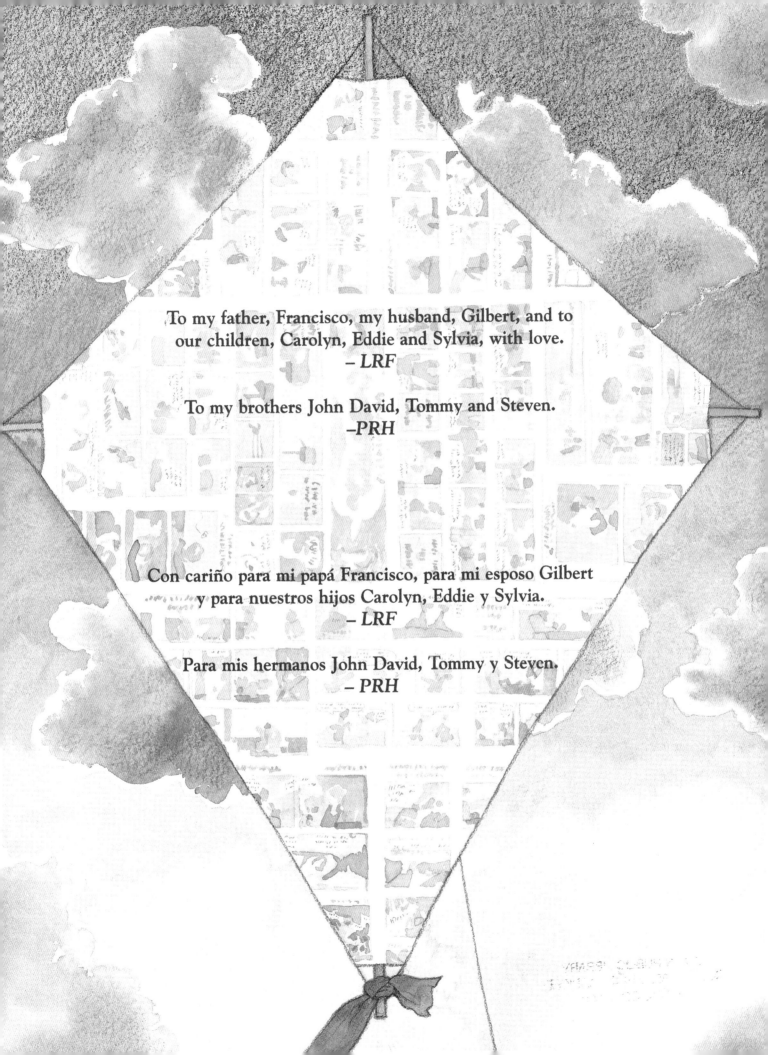

To my father, Francisco, my husband, Gilbert, and to
our children, Carolyn, Eddie and Sylvia, with love.
– LRF

To my brothers John David, Tommy and Steven.
–PRH

Con cariño para mi papá Francisco, para mi esposo Gilbert
y para nuestros hijos Carolyn, Eddie y Sylvia.
– LRF

Para mis hermanos John David, Tommy y Steven.
– PRH

Squinting her eyes against the brilliant sun, Lupita sat on the wooden steps of the porch. She watched brightly-colored kites hovering like birds right above her house. Oh, how she wished she had a kite.

"Those fancy *papalotes* cost too much money," her mother said. "We need to buy school supplies. School will be starting in a few days."

Lupita was so disappointed.

"Hey Lupita, you wanna play soccer with us?" her brother, Alejandro, yelled from the vacant lot behind her house. Teresa and Raquel, Lupita's sisters, were already running to join him. But Lupita, the youngest at seven, did not want to play a silly ball game. She preferred watching the kites in the sky.

Con los ojos entrecerrados por el brillante sol, Lupita estaba sentada en los escalones de la galería. Miraba los papalotes coloridos que revoloteaban como pájaros por encima de su casa. Ay, cómo deseaba tener un papalote.

—Esos papalotes finos cuestan demasiado dinero - dijo Mamá—.

—Tenemos que comprar útiles para la escuela que ya va a empezar en unos días.

Lupita estaba muy decepcionada.

—Oye, Lupita, ¿quieres jugar a la pelota con nosotros? —gritó su hermano Alejandro desde el solar detrás de la casa. Teresa y Raquel, las hermanas de Lupita, salieron corriendo para jugar con él. Pero Lupita, la más pequeña con sólo siete años de edad, no quería jugar ese tonto juego de pelota. Ella prefería ver los papalotes en el cielo.

When Father got home from work, he noticed a glum-looking Lupita on the front steps.

"What's the matter, Lupita?" he asked. "Why are you looking so sad? How come you're not playing with your friends?"

"I don't want to play ball. I want to fly a kite, but I don't have one," said Lupita, close to tears.

"Is that all?" her father laughed. "We can take care of that." He patted her gently on the head.

"When I was a little boy, we didn't buy *papalotes*. We made our own. It was much more fun that way. I'll show you how to make one."

"Me? Make a kite?"

Cuando Papá llegó del trabajo encontró a Lupita triste en los escalones de la casa.

—¿Qué te pasa, Lupita? —preguntó—. ¿Por qué te ves tan triste? ¿Por qué no estás jugando con tus amigos?

—No quiero jugar a la pelota. Quiero volar un papalote, pero no tengo uno —dijo Lupita a punto de llorar.

—¿Eso es todo? —se rió Papá—. Eso lo podemos arreglar. Suavemente le acarició la cabeza.

—Cuando era niño, no comprábamos papalotes. Los hacíamos. Era mucho más divertido así. Te voy a enseñar cómo hacer uno.

—¿Yo? ¿Hacer un papalote?

Was that possible? Could she really make a kite that would fly like a bird in the sky? Lupita jumped with excitement as her father gave her instructions.

"Here's what you'll need to start."

Her father made a list. "You'll need glue, some scissors, and a ball of string. Can you find these items?"

"*Sí, sí,*" shouted Lupita already running to the house to ask her mother for help.

Moments later she was back with the glue, a small pair of scissors, and a ball of string. She handed them to her father and waited to see what would happen next.

¿Sería posible? ¿Podría hacer un papalote que en verdad volara como un pájaro en el cielo? Lupita brincó con entusiasmo mientras Papá le daba instrucciones.

—Esto es lo que necesitas para empezar.

Su papá hizo una lista.

—Vas a necesitar pegamento, tijeras y un carrete de hilo. ¿Puedes traer todas estas cosas?

—Sí, sí —gritó Lupita corriendo a casa para pedirle ayuda a su mamá.

Minutos después, regresó con el pegamento, unas tijeras pequeñas y un carrete de hilo. Le entregó todo a su papá y esperó a ver qué sucedía después.

"Let's see. You'll need to make a frame."

"A frame?" Lupita's brown eyes got big and round.

"Yes. You'll need some skinny sticks."

Lupita took off. She searched in the vacant lot where the kids were playing ball. After a few minutes, she shouted over the fence, "I think I found some, Papá."

She ran over to her father and handed him some thin bamboo sticks. "Are these okay?"

"Excellent. Excellent. These are strong, but light enough to make a good *papalote*."

Then Papá whittled the bamboo into thinner reeds with his pocket knife as Lupita watched.

—Vamos a ver. Primero tienes que hacer un armazón.

—¿Un armazón? —Los ojos cafés de Lupita se hicieron grandes y redondos.

—Sí. Vas a necesitar unos palitos delgados.

Lupita salió corriendo. Buscó en el solar donde los niños jugaban a la pelota. Después de unos minutos, gritó por encima de la cerca —Creo que encontré unos, Papá.

Corrió hacia su papá y le entregó los palitos de bambú.

—¿Está bien con éstos?

—Excelente. Excelente. Éstos son fuertes y suficientemente ligeros para hacer un buen papalote.

Luego, Papá talló el bambú con su navaja mientras Lupita miraba.

"Here, Lupita. Take these reeds and form a cross to start the frame."

Lupita did as he said. Under his supervision, she took the string and tied the sticks together, weaving the string in and out to make a sturdy frame.

"Okay, Lupita, stretch the string around the frame. That will be the edge."

Lupita took her time. She wanted this kite to be just right.

"There, it's done." She held up the hollow frame to show her father.

—Lupita, toma estos tallos de caña y forma una cruz para comenzar el armazón.

Lupita hizo lo que Papá le pidió. Bajo su supervisión, tomó la cuerda y ató los palitos entretejiendo la cuerda para crear un armazón firme.

—Bueno Lupita, estira la cuerda alrededor del armazón. Ésa va a ser la orilla.

Lupita se tomó su tiempo. Quería que su papalote fuera perfecto.

—Ya, ya está listo. Levantó el armazón vacío para mostrárselo a su papá.

"Now you need some paper to cover this frame. What do you want to use?"

Lupita thought for a moment. "I know, I know," Lupita shouted excitedly. "How about the comics from Sunday's paper? They come in all pretty colors."

She rushed to the utility shed in the backyard and found the plastic bin with the old newspapers stacked up neatly for recycling. The comics section was right on top. Lupita picked the most colorful pages and ran back to her father. After carefully measuring and cutting the comics paper, she wrapped it around the skeletal frame, folded and glued the edges around the taut string, just like her father instructed.

"Look, Papá, look. My kite looks like a giant butterfly."

—Ahora necesitas papel para cubrir el armazón. ¿Qué quieres usar?

Lupita pensó un momento: —Ya sé, ya sé—, Lupita gritó entusiasmada—. ¿Qué tal la sección de caricaturas del periódico del domingo? Tiene muchos colores bonitos.

Corrió al cobertizo en el patio y encontró el cajón de plástico con los periódicos viejos bien acomodados y listos para reciclar. La sección de caricaturas estaba encima. Lupita escogió las hojas más coloridas y regresó con su papá. Después de medir y cortar las caricaturas con mucho cuidado, envolvió el armazón con el papel, dobló y pegó las orillas en la cuerda tirante justo como le había dicho su papá.

—Mira Papá, mira. Mi papalote se ve como una mariposa gigante.

"It sure does look like a butterfly," her father agreed. "But you can't fly it like that. Your *papalote* needs a tail."

"How long does the tail have to be?" asked a curious Lupita.

"Pretty long."

Lupita hurried back to the utility room where the mops, brooms, and old rags were also kept. Her mother kept a box of clean rags there that she used for mopping up spills and polishing furniture. Lupita picked the boldest colors: emerald green, canary yellow, and apple red.

Rip, rip, rip. Pieces of rags became long, narrow strips tied together to form a tail for the kite. Lupita even decorated the tail with tiny bows just like the ones her mother had tied into her thick braids. Finally the kite was ready.

—Sí que parece una mariposa —afirmó su papá—. Pero no lo puedes volar así. Tu papalote necesita una cola.

—¿Qué tan larga tiene que ser la cola? —preguntó Lupita con curiosidad.

—Bastante larga.

Lupita regresó rápidamente al cobertizo donde guardaban los trapeadores, escobas y trapos viejos. Su mamá tenía una caja llena de trapos limpios que usaba para trapear y para limpiar los muebles. Lupita seleccionó los colores más brillantes: verde esmeralda, amarillo canario y rojo manzana.

Rip, rip, rip. Los pedazos de trapo se convirtieron en trozos largos y delgados unidos para hacer la cola del papalote. Lupita hasta decoró la cola con lacitos como los que su mamá había atado en sus gruesas trenzas. Por fin el papalote estaba listo.

"Will my kite really fly, Papá?"

"Well, let's find out. Here, you take it." Lupita's father handed her the kite.

"But I've never flown a kite before," Lupita answered, not sure what to do with it.

"There's nothing to it, Lupita. Let me show you."

Her father took the kite and ran a few yards before releasing it into the wind, making sure he held on to the string.

—¿En verdad volará mi papalote, Papá?

—Bueno, vamos a ver. Toma, llévalo tú—, Papá le dio el papalote.

—Pero nunca he volado un papalote —contestó Lupita, insegura de lo que debía hacer con él.

—Es sencillísimo, Lupita. Déjame enseñarte.

Su papá tomó el papalote y corrió unas cuantas yardas antes de soltarlo en el aire, asegurándose de sujetar la cuerda.

"You take it now, Lupita. Hold on tight to the string and let go a little bit at a time, if you want it to fly higher. If you want to bring it back, start reeling the string in like you're fishing. Keep wrapping it around the ball of string until the *papalote* is back in your hands. Got that?"

Lupita nodded.

Her father went inside to rest.

—Ahora, tómalo tú, Lupita. Sujeta bien fuerte la cuerda y suéltala poco a poco, si quieres que vuele alto. Si lo quieres bajar, empieza a enrollar la cuerda como si estuvieras pescando. Sigue enrollándola en el carrete hasta que el papalote esté en tus manos. ¿Entiendes?

Lupita asintió con la cabeza.

Papá entró a descansar.

Lupita's kite soared like a magnificent butterfly, the tail swaying back and forth in the wind like a happy streamer. It flew higher and higher until it was but a tiny speck in the sky. The kite pulled and tugged with such force that Lupita feared she would be swept away into the sky. She tried pulling it in, but suddenly her feet left the ground and she was lifted into the bright-blue sky.

Lupita floated through the sky like a little feather. She looked down. The trees below resembled miniature broccoli trees. The houses in her neighborhood looked like the tiny houses in Alejandro's "Monopoly" game and the cars looked like tiny toys.

El papalote de Lupita se elevó como una magnífica mariposa y la cola se mecía para atrás y para adelante en el aire como una serpentina feliz. Voló más y más alto hasta que se convirtió en una manchita en el cielo. El papalote jaló y tiró con tanta fuerza que Lupita temió ser arrastrada al cielo. Trató de jalarlo pero, de repente, sus pies dejaron el suelo y ella se elevó hasta el cielo azul y brillante.

Lupita flotó en el aire como una plumita. Miró hacia abajo y los árboles parecían arbolitos de bróculi en miniatura. Las casas del barrio se veían como las casitas del juego "Monopolio" de Alejandro y los carros parecían de juguete.

When she looked up again, she was headed straight for a puffy, white cloud. Oh, no! Lupita closed her eyes, then opened them and discovered that the cloud was just mist, like steam when water is boiling. To her surprise, she sailed right through it. Out she came on the other side, where it was clear again. In and out of the clouds she floated. Swooping down, coming up again. Wheeeee! She was having so much fun.

Cuando miró hacia arriba otra vez, se dirigía hacia una nube esponjosa y blanca. ¡Ay, no! Lupita cerró los ojos, luego los abrió y descubrió que la nube sólo era neblina, como el vapor que sale cuando hierve el agua. Para su sorpresa, la traspasó volando. Salió por el otro lado donde estaba despejado otra vez. Entraba y salía flotando a través de las nubes. Descendía rápido y subía una y otra vez. ¡Yeiiiii! Se estaba divirtiendo muchísimo.

After a while, however, she started to worry. How was she going to get down? It was quiet and peaceful up in the sky, but Lupita suddenly realized how lonely she felt with no one else around. She looked down and saw Alejandro, Teresa, and Raquel playing with their friends. She saw her mother in the kitchen rolling out the delicious tortillas that Lupita loved. Her father had fallen asleep on the couch, like he always did after a hard day's work. She missed her family and just wanted to be with them again. But she was afraid to let go of the kite and tumble all the way down to earth. She became very frightened. What if she stayed up in the sky forever?

Después de un rato, sin embargo, empezó a preocuparse. ¿Cómo iba a descender? Estaba muy tranquilo y quieto allá arriba en el cielo, pero Lupita pronto descubrió que se sentía sola sin nadie a su alrededor. Miró hacia abajo y vio a Alejandro, Teresa y Raquel jugando con sus amigos. Vio a su mamá en la cocina preparando esas tortillas deliciosas que a Lupita tanto le gustaban. Su papá se había quedado dormido en el sofá como solía hacer después de un largo día de trabajo. Extrañó a su familia y lo único que quería era estar de nuevo con ellos. Pero tenía miedo de soltar el papalote, y caer a la tierra. Le dio mucho miedo. ¿Qué tal si se quedara en el cielo para siempre?

"Lupita, Lupita." Her father shook her shoulder, bringing her back from her imaginary flight. "It's time to bring the *papalote* down and come in for supper."

As he placed his large hands over her small ones, Lupita felt warm and safe. She took a deep breath and looked up at her father. It felt good to be back in her own yard.

"Was it fun? Did you enjoy flying your *papalote?*" her father asked, smiling.

"Oh, yes. Yes." She flashed him a huge grin. "Papá, you should've seen me. First, I was flying through the clouds, and . . . "

"Oh, really?" her father looked amused as he stored the kite away for another day. "Lupita, you have such a great imagination."

"Imagination?" thought Lupita. "But Papá . . . "

—Lupita, Lupita. —Su papá le tocó el hombro y la hizo regresar del vuelo imaginario—. Ya es hora de bajar el papalote y entrar a comer.

Cuando Papá puso sus manos grandes encima de las de ella, Lupita se sintió a salvo. Respiró profundamente y miró a su papá. Se sentía muy bien de vuelta en su propio patio.

—¿Te divertiste? ¿Te gustó volar el papalote? —preguntó Papá sonriendo.

—Ay, sí, sí —dijo regalándole una gran sonrisa—. Me hubieras visto, Papá. Primero estaba volando por las nubes, y luego . . .

—¿En serio? —su papá la miraba divertido mientras guardaba el papalote para volarlo otro día—. Lupita, tienes una imaginación tan grande.

—¿Imaginación? —pensó Lupita—. Pero Papá . . .

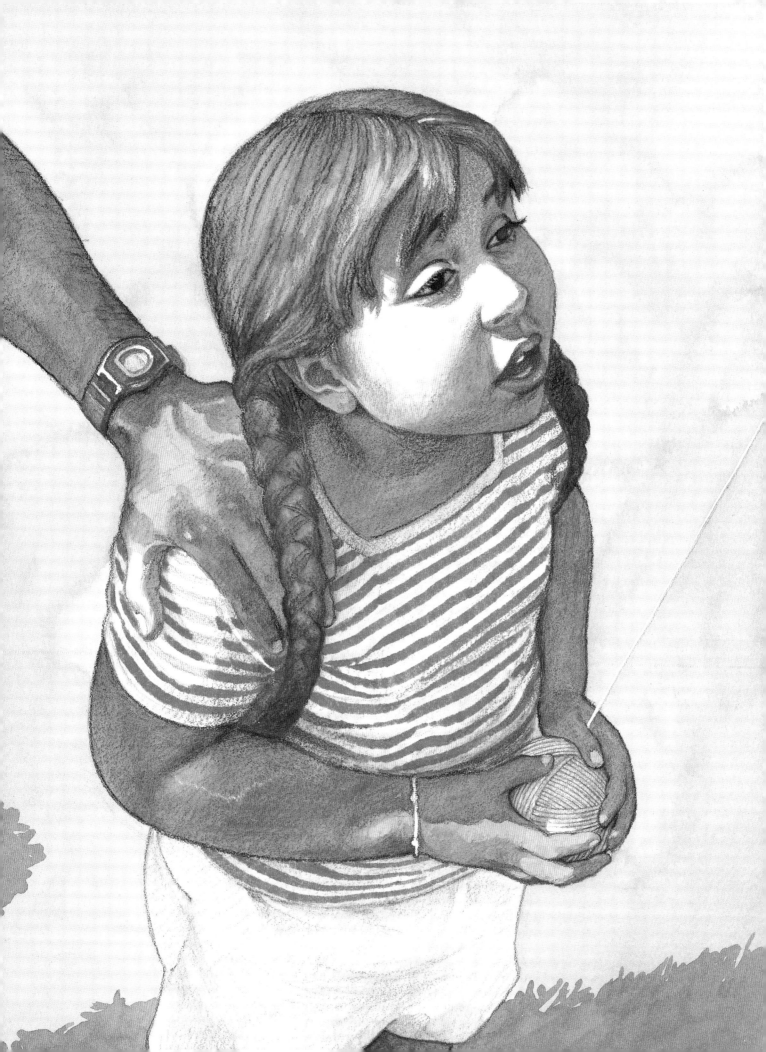

Then she saw Alejandro and her sisters and the rest of her friends still playing ball.

"Never mind." She hugged her father and then ran to call her brother and sisters for supper. She sure was glad to be home. She wasn't lonely anymore.

Entonces vio que Alejandro, sus hermanas y el resto de sus amigos seguían jugando a la pelota.

—Olvídalo. —Abrazó a su papá y luego corrió a llamar a sus hermanos para que entraran a cenar. Estaba feliz de estar otra vez en casa. Ya no se sentía sola.

Lupe Ruiz-Flores remembers the time her father helped her make her first kite as a thrilling experience. She enjoys writing poetry and children's stories. Ruiz-Flores writes for *Guideposts* magazine and she belongs to the Society of Children's Book Writers and Illustrators. She has four grandchildren, Joshua, Keri, Liza, and Christi and lives in San Antonio, Texas.

Lupe Ruiz-Flores recuerda la vez que su papá le ayudó a hacer su primer papalote como una experiencia emocionante. A ella le gusta escribir poesía y cuentos para niños. Ruiz-Flores escribe para la revista *Guideposts* y pertenece a Society of Children's Book Writers and Illustrators. Tiene cuatro nietos, Joshua, Keri, Liza y Christi, y vive en San Antonio, Texas.

Pauline Rodriguez Howard has a BFA in Art from the University of Houston and attended the Glassell School of Art. She is a member of the Central Texas Pastel Society and has work in several art galleries and collections. This is her fifth book for Piñata Books. Her first was *Family / Familia*, written by Diane Gonzales Bertrand. Her hobbies are hand-painting furniture, stage design, and gardening. She lives in San Antonio with her husband and two daughters.

Pauline Rodriguez Howard recibió su título de arte de la Universidad de Houston. Asistió a Glassell School of Art y forma parte del Central Texas Pastel Society. Sus obras se han expuesto en distintas galerías y figuran en varias colecciones de arte. Éste es el quinto libro que ilustra para Piñata Books. Su primer libro es *Family / Familia,* escrito por Diane Gonzales Bertrand. Sus pasatiempos consisten en la pintura de muebles, la escenografía y la jardinería. Vive en San Antonio con su esposo y sus dos hijas.